KB055999

손금을 본다

김승욱

1969년에 태어나 고등학교까지 춘천에서 성장했다.

1989년 아주대학교 영문과에 입학, 문학동아리 '소금꽃'에서 활동했다.

1996년부터 동양화재(현 메리츠화재) 및 동부화재(현 DB손해보험)에서 근무했다.

PARAN IS 6 **손금을 본다**

1판 1쇄 펴낸날 2024년 5월 10일
지은이 김승욱
인쇄인 (주)두경 정지오
디자인 이다경
펴낸이 채상우
펴낸곳 (주)함께하는출판그룹파란
등록번호 제2015-000068호
등록일자 2015년 9월 15일
주소 (10387) 경기도 고양시 일산서구 중앙로 1455 대우시티프라자 B1 202-1호
전화 031-919-4288
팩스 031-919-4287
모바일팩스 0504-441-3439
이메일 bookparan2015@hanmail.net

©김승욱, 2024, printed in Seoul, Korea

ISBN 979-11-91897-75-3 03810

값 12,000원

*이 책 내용의 전부 또는 일부를 재사용하려면 반드시 저작권자와 (주)함께하는출판그룹파란 양측의 동의를 받아야 합니다.
*잘못된 책은 바꾸어 드립니다.
*지은이와의 협의 하에 인지는 생략합니다.

손금을 본다

김승욱 시집

시인의 말

추어탕을 드실 줄 모르는 어머니는 명절이나 집안의 대소사가 있을 때면 항상 잊지 않고 가족들이 좋아하는 추어탕을 끓이셨습니다. 추어탕을 못 드시니 간을 맞추는 것은 항상 막내아들인 저의 몫이었습니다. 사실은 아들의 입맛에 맞는 추어탕을 끓여 주려는 어머니의 깊은 뜻이 아니었을까 싶습니다.

돌이켜 생각해 보면 짧지 않은 세월을 살아오면서 의도했든 혹 의도치 않았든 가족과 주변 분들의 수많은 배려와 친절들이 저의 부족함을 메워 왔던 것 같습니다.

오늘도 당신의 손금보다 나은 하루가 되시길 빌어 봅니다.

차례

시인의 말

발문

제1부

손금을 본다

병중(病中)에 있고부터
손바닥을 자주 쳐다본다

아침마다
생명선을 관찰하며
반달 같은 엄지손톱으로
생명선 끝을
꾸욱 꾹 누른다
간절함을 담아
길고 깊게 누른다

손금을 본다
—다른 Ver.

—

손금을 볼 때
남성은 오른손
여성은 왼손
양성애자는 오른손 왼손 내키는 대로 복불복
선택지가 넓어 장점도 많은지

팍팍한 운명은
각개전투를 하듯
지문과 손금 사이를
낮은 포복으로 기어 전진한다
지능선과 감정선, 운명선을 넘어
젊은 시절은
재물선이 제일이었다지만
지금은 달라
생명선만 파고든다

모든 운명이 철모를 쓰고
생명선 참호를 따라 진격하는 나날이다

—

심플 이즈 더 베스트

Simple is the Best!
몸속에 병이 생기고 보니
저 유명한 관용구가 자꾸 생각나

인체의 신비?
온갖 종류의 세포와 림프절, 복잡한 구조로 얽히고설킨
막장 드라마 속 관계들처럼
신비롭다기보다는 난해한 균형을 유지하는 몸
난해하다기보다는 불안정한 관계를 유지하는 몸

Simple is the Best!
가장 진화된 미래의 인간은
졸라맨처럼
심플한 몸뚱아리 그 자체

명주실 타래

첫 차를 사던 날
네 바퀴마다 막걸리를 부으며
엄마가 다시방에 넣어 주신
명주실 타래

사고 없이 무탈하게 운전하라고
살뜰히 챙겨 주신 폭신한
명주실 뭉치 하지만,
세상에는 자동차보다 조심해야 할 게 너무 많다

자동차가 바뀔 때마다
자리를 옮겨 앉으며
엉키고 누렇게 변색된
엄마의 마음 같은
명주실 타래

엄마의 바람처럼
길게 길게 살아져야 할 텐데
얇기만 하고 길게는 힘들 것 같은
지금도 다시방 속

명주실 타래

화개장터

은어는 정말로 수박 향이 날까?

쌍계석문을 지나
칠 층 석탑 안에 중국 고승의 머리를 모신
금당이 있다 하여
쌍계사에 올랐습니다
석탑 뒤쪽의 구멍으로 손을 넣으면
머리카락을 만질 수 있다고
빗물에 달라붙은 나뭇잎을 쓸어 가며 스님이 말씀하셨지만
제 손은 너무 커서 구멍 속으로 집어넣지 못하였습니다
어두운 구멍 속으로 집어넣기에는
제 두려움이 너무 컸던 까닭이겠지요

십 리 벚꽃 길을 되짚어
화개버스터미널을 지나 화개장터까지 내려왔습니다
팔월의 장터에는 수족관마다
은어와 참게만 가득하였습니다
코로나도 지나고
내년 봄, 십 리 벚꽃 길에 꽃이 필 즈음이면
화개장터도 북적이겠지요

2인분만 판다는 은어솥밥에 양념장을 슥슥 비벼 봅니다
수박 향 대신 올라오는 참기름 냄새

쌍계사로부터 화개장터
세속에 이르는 길은
십 리 벚꽃 길보다 가까운 9-2번 버스 길

오늘 밤 꿈속에서는
섬진강을 거슬러 오르는
은어 떼 수박 향기 가득하겠지요

남의 집

一

의뭉스럽게
태연히
남의 집에 들어와
자리를 잡는다

아무도 모른다

당신의 인생
가장 찬란한 어느 날 혹은,
극히 평범한 일상의 틈을
엿본다

찰나적이고
창조적으로
남의 집에 들어와
집을 무너뜨린다

집과 함께 소멸한다

一

식도를 잃다

식도를 잃었다

위가
넓은 아량으로
잃어버린 식도의 자리를
대신해 준다

음식은
중력의 힘으로
낙하하고,

식도를 잃은 만큼
몸무게가 가벼워진 대신
마음은 천근만근
무거워져 갔다

핑계가 길어져 굳은살이 배겼네

一

오래된 거짓말
굳은살이 되고,

차마
전하지 못한 고백
지우기 위해 쓰기를 반복하다
지우개만 얇아져
기어코 지우개 귀퉁이에도 까만 굳은살이 배겼네

굳은살처럼
무뎌진 마음이어야
살아질 것 같아
대장장이의 망치질로
벌겋게 벼려도
가슴속
시퍼런 칼날
날을 세우고 있었네

핑계와 거짓말 따위
팽이버섯 같은 웃음기만 남아

내 몸은
굳은살처럼
통증에 무감각해지길 바랐네
차력사처럼
혹은 수령이 오래된 나무의 옹이처럼
제 몸이
단단해지길 소망했지만,

상처 딱지 같은
굳은살 아래에서
차오른
새살과 연두부같이 여린 마음들
무뚝뚝한 몸속에
친절이 자라고 있었네

나이키

사모트라케의 니케

승리의 여신
니케의 날개에서
영감을 얻은
나이키 셔츠를 입는다

나이키 로고.
다낭의 짝퉁 시장에서
이천 원에 구입한 러닝셔츠

딱,
로고가 박힌
니케의 날개 자리 깊숙이
암 덩어리가 자리 잡았다

날개를 펴고
온몸으로 날아가지 못하도록
오늘도
짝퉁이 아닌 진짜

항암제가 투입된다

Just Do It!

무뢰한

닭띠이지만 한 번도
달걀을 낳아 본 적 없었다

그토록
완벽한 세계를
품어 줄 아량도 없었고
미처
노른자의 생명력을
알아보지도 못했다

닭장 같은 빌딩에 갇혀
모이통과 물통을 번갈아
쪼아 대며
자주 하늘을 쳐다보는 것으로
일생을 소비했다

퇴화된 날개로는
하늘을 날 수도 없어
아침마다
요란한 꼬끼오 소리로

수탉임을 증명하는
무뢰한

크리스마스

―

병원 로비에
커다란 크리스마스트리
나뭇가지마다 완쾌를 기원하는
간절한 소망카드 사연이 걸렸다
창문 밖으로
하나 둘
붉은 십자가들 불 밝힐 즈음
병실 복도에 울리는
"1002병동 코드블루, 1002병동 코드블루"
그분이 태어나신 날에도
누군가는
생사를 넘나들고 있었다

―

닭

의사는
붉은색 고기를 줄이라고 충고했다.
소고기, 돼지고기, 양고기 Delete
닭과 오리가 남았다.
날개는 있지만 날지 못하는 기묘한 평행이론.

어머니는 닭띠 아들에게
항상 부지런할 것을 당부하셨다
끊임없이 모이를 쪼고 하늘을 쳐다보듯.

유난히 눈이 부신 팔월 오후
닭띠 남편은 오늘도
소띠 아내의 등에 업혀
어머니의 당부를 무시한 채
게으른 하루를 보낸다.
왕관처럼 붉은 벼슬 축 늘어져 있었다.

Super Moon

삶이란 반드시
둥글 것
세모든 네모든
각진 삶은
바람 속 솟대처럼 쓸쓸하고
잘 벼른 칼날처럼 위험하기에

모난 돌이 정 맞는다
어른들 얘기 틀린 것 없는 모양이다
어느 날
가까워지더라도 지나친 반가움은 금물
또 어느 날
가까워진 만큼 멀어질 것이므로,
팽팽한 긴장 속
우주로 날아가 블랙홀 속으로 사라지지 않기 위해,
자전 중에도 원심력을 잃지 않고 버티며
필사적으로 공전 중

토끼들은 절구통에서
시루떡을 찧어 대고

우주인들은
계수나무 벌목해
피아노를 만든다

지구와 달이 빚는
적절한 긴장 속
공전의 그림자 위로
교교히
Super Moon이 떠오른다

땅거미 내린다

땅거미 내리는 순간
어중간한 내 나이 같다

양파처럼
까도 까도 계속될 것 같던 햇살은
모두 어디로 갔을까?
과자처럼 바싹 마른 땅 위로
늑대보다 위험한 어둠이 내리고 있다

남자의 시간은 임금피크제
국민연금을 받으려면 아직도 십 년이 남았고
밤도 아직 멀리 있어
땅거미 내리는 시간에는
걷고 또 걸어야 한다
죽음 같은 시간들 해자처럼 가로막고
물 위로 슬픔이 삼투압처럼 차오른다
발걸음이 수초처럼 불안하다

가로등 불 일순간 성냥불처럼 켜지고
서쪽 하늘 위 북극성 불 밝혔다

칠흑 같은 어둠
고래 같은 밤
졸린 눈꺼풀처럼 한꺼번에 덮여 온다

곶감

곶감이란 글자에는
날카로운 각이 너무 많았다
달콤한 과육 속에
칼을 품고 있어
호랑이도 무서워한 모양

높은 가지 끝에
매달렸던
감의 생명력은
처마 밑에서 흔들리다
깊어 가는 가을 따라
새하얀 분을 뒤집어쓰고
플라스틱 포장지 안에
제식훈련하듯 줄 맞춰
나란히 누워 버렸다

높이뛰기는
도움닫기를 잘해야
높이 뛸 수 있듯
곶감은

바람 잘 드는 처마 밑에서
도움닫기하듯
온통 단맛을 응축시키는 데
온 힘을 쏟아부었다

깊은 바다에
뿌리내린 닻처럼
묵직한 두 톨의 씨앗을
고집스레 품에 안고
감나무 가지 끝에 매달렸던
바람의 기억을 부여잡으며
우리 집 냉장고 안에
누워 있는
무서운 곶감

끝

—   소원은 늘 한결같다

끝은 한계가 있지만
사람 인생은 끝 모를 때가 간혹 생겨
기적 같은 비극이 노상 펼쳐진다

해각(海角)
바다로 뻗어 나간 땅끝
대지에 막혀 버린 바다의 끝
어쩌면
지구는 둥근 게 아니라 네모
옹기처럼 바닷물을 담아낸 육지는
땅의 끝일지 바다의 끝일지
둥근 어항이 어지러운 고래는
직사각형 심해 속으로 잠수한다
유배지는 언제나
땅끝에 위태롭게 걸려 있었다

보이지 않는 적들과의 싸움은
—   새로운 기술이 필요한 법

갚아도 갚아도
줄어들지 않는 아파트 할부금이나
아무리 독한 약을 쏟아부어도
좀처럼 줄어들지 않는 종양의 크기
잊고 있어도
문득 새살처럼 돋아나는
생경스러운
회한과 번민의 바리케이드 앞에서
계란으로 바위 치기
새로운 기술이 마땅치 않다

가슴과 가슴을 맞대는 것만
포옹은 아니기에
날개뼈를 포개고
앙상한 엉덩이뼈를 서로 부비며
등에서 등으로
적개심을 배제한 채
빈손을 들어 보이며
우호적 포옹의 포즈

Gloomy Sunday

일요일에서 월요일 사이
이응이 자전거 혹은 오토바이처럼
앞만 보고 달린다
영원히 앞바퀴를 따라잡지 못하는
뒷바퀴의 운명은
달력의 붉은 숫자만큼
선명하다

빌리 홀리데이의 일요일은
짜장라면처럼 쉽사리 지나가고
드라큘라 백작의 어금니 같은 월요일이
박쥐 떼처럼 몰려든다
헝가리의 오래된 전설처럼
검은 일요일은
우울증과 같은 1종 전염병

노인이 되기 전 찾아온 죽음
허공에 찍힌 새들의 발걸음만큼
허망스럽다
슬픔에 의미는 사치

일요일과 월요일 사이
이응 같은 바퀴에 페달을 밟으며
또 하루가 무심히 지나가면 된다

*검은 일요일: 루란스 차르스라는 프랑스 작곡가의 슬픈 선율이 인상
적인 곡이었다고 함. 영화 및 노래 「글루미 선데이」의 모티브가 됨. 발
매 후 두 달 만에 187명의 희생자(자살자)가 발생해서 악보 자체를 없
앴다는 도시 괴담이 전해짐.

부적

―
　　행복한 사람은 없다

　　행복한 사람은 없어
　　부적은
　　악착같이 행복을 지키려는 것보다
　　불행을 피하는 길을 가르쳐 준다

　　남의 운을 빼앗아
　　나의 불행을 지운다

　　녹색 바다에
　　검은색 줄무늬가 파도처럼 불길하고
　　붉은 수박 속
　　까만 씨들이 까마귀처럼 낮게 날아오른다

　　마음에 걸리는 게 있어
　　부적을 쓴다
　　괴황지(槐黃紙)에
　　오뉴월 부화된 닭의 모가지를 따서
―
　　수박 속보다 짙은

붉은 퇴로를 그린다.

인연

입국 심사대에서
여행의 목적을 물었다
Fight Disease
고쳐야 할 곳이 너무 많아요
지독히 낡은 폐가처럼
싸우거나 고치거나
모두 인연스럽다

엥겔지수와 습도가 높은 도시엔
외식이 많다
집밥이 그리워
길거리 목욕탕 의자에 앉아
쌀국수를 먹는다
생명줄처럼 긴 국숫발도 치료의 과정
질기지는 않아 쉽게 끊어진다

옷깃만 스쳐도 인연이라는데
쌀국수처럼 툭툭 끊어지는 인연들
고르기 어려운 메뉴판처럼
전화기 속 연락처들

먼지처럼 부유하니
선뜻 눌러지기 어렵다

출국장에선
배웅 나온 사람이 없었다
낯선 도시로의 야간 비행
기내식으로 나온
질긴 냉면을
악착같이 이빨로 끊어 내면
떠나온 인연들과
스쳐 지나간 옷깃들
활주로 끝에서
만장처럼 휘날렸다

전자여권

코로나가 끝난다기에
전자여권을 만들었다
흰 와이셔츠에 안정감 있는 미소로
사진도 새로 박았다

오늘따라
전자여권에 찍힌 사진이
영정사진 같아
출입국 도장 하나 없는 여권을
펼쳤다 접어 본다

어디로 가야 하나?

다정도 병인 양하여

다정도 병인 양하여
차마
고운 손을 잡지 못했네

녹색 핏줄 도드라진
하얀 손목
한의사의 진맥에도
온통
질투심으로 어지러웠네

사소한 것들에 신경이 쓰여
미처
다정을 챙기지도 못했네

풍경(風磬) 소리

一

바람이
종 속에 숨어
조용히 쉬는 숨
고요한 풍경(風景)이 완성된다

一

제2부

결혼기념일

결이 다른 두 사람이
한 이불을 덮는다

얇은 이불 속에서

부러지기 쉬운 뼈들은
칼날처럼
서로의 몸을 찔러 댄다

시간은 흐르고 쌓여

피오르 해안처럼
계곡 사이
까마득한 절벽 너머로
서로를 바라본다

유람선 한 척 풍경처럼 지나간다

잡초 1

―

이름이 있어도
이름을 아는 이가 없어
그냥, 잡초로 불린다

아무도 몰랐다
그때는,
역도 선수의 발처럼 단단한 뿌리로
지구 전체를 지탱하며
중력을 거슬러 바위를 들어 올리는
잡초의 힘을

―

잡초 2

화훼단지의 시세로 매겨진다
꽃과 식물의 계급성

결혼과 졸업, 또는 연말연시
사람들의 책갈피가 넘어갈 때마다
수요와 공급량이
장미와 후리지아, 동양난과 서양란의
계급을 정한다

하지만,
생명력으로 매겨진다
잡초의 계급성

늙은 작부가 분을 발라 세월의 골짜기를 메꾸듯
콘크리트와 아스팔트를 뒤집어쓴 도시 아래
대왕고래처럼 대지를 헤엄치다가
등 위로 숨 쉴 때마다
잡초가 물보라처럼 솟구쳐 올랐다

잡초 3

─　　겨울이 생존의 굴욕을 강요했지만 잡초는 반역의 피가
끓어올랐어

　　레지스탕스의 피, 녹색의 풀물
　　가냘픈 줄기 사이로 흐르고
　　자유의 정신 깃발처럼 휘날리는 날 선 이파리

　　봄, 여름, 가을을 거치며 낫과 제초기로 베어져도
　　세상 가득 독한 풀 내음을 풍기며
　　뿌리 끝에서 끌어올리는 생명의 아우성

　　양은냄비처럼 고통에 쉽게 달아오르고 식어 버리는 내
몸은
　　범접할 수 없는 끈기의 생명력

　　대장장이의 망치질 끝에서 단단하게 벼려지는 칼날처럼
　　추위와 얼어붙은 대지가 잡초를 단련시켰다

　　폭설로 하얗게 경계가 허물어진 도시 아래 여전히 살아
─　숨 쉬는 잡초의 푸른 안색

들꽃이 오래 핀다

길가에 핀
이름 없는 들꽃
꽃잎은 작지만
주목받지 못한 덕에 오래도 살아남았다

사람들의 시선이 머무르는 곳
누구나 이름을 알 만한 꽃들
관심 속에 시련도 많다
목련과 벚꽃,
개나리, 진달래, 장미
누구나 이름을 아는 꽃들은
쉽사리 옷고름을 풀어 버렸다
가벼운 봄비에도
길 위에 누워 버리는
흉터 같은 정절

관심 대신
긴 생명을 보장받은 들꽃
초여름이 다 가도록
어디선가 옅은 향기를 뿜고 있었다

들개

들개에게는 없는 것.
목줄과
충성스럽게 꼬리를 흔들어 댈 주인
균형 잡힌 영양식 사료나
환경호르몬 가득한 플라스틱 장난감 따위
그 모든 것을 잃고
자유를 얻었다

갠지스강과 맞닿은 오래된 도시에는
삶과 죽음이
마을버스처럼 수월케 왔다 갔다
압력밥솥 김 빠지는 소리로
앞문과 뒷문이 열고 닫힌다
승차와 하차의 발 빠른 교차만큼
죽음도 대수롭지 않다

안락한 구속을 거부하고 얻은 자유는
달팽이의 걸음처럼
무심한지,
초승달의 안색을 살피는

밤의 구름과 닮았는지,
소리 없이 끊임도 없다

사람만큼 많은
바라나시의 삶과 죽음
그리고 들개들
우리네 도시는
CCTV가 너무 많아
자유를 얻기가 불편하다

삶과 죽음은
병원 지하로 숨어 버려
들개의 발걸음도 길고양이의 그것처럼
은밀하다

발걸음을 닮아 자유도
눈치껏 은밀해진다

*바라나시: 갠지스강과 닿아 있는 신성한 도시로 세상에서 가장 오래된
거주 도시라고 함.

La Vie en Rose

—

오월
초등학교 담벼락에
장미가 불타오른다

인생은
장미 넝쿨의 굵은 가시처럼
고달프면서도
붉은 꽃 무더기처럼
관능적이다

해마다 오월이면
약사사(寺) 입구에
붉은 연등이 밤마다 불 밝히고

사연 많은 영혼들
장밋빛 인생으로
때맞춰
흐드러진다

—

56

지우개 똥

사랑한다.
문화연필로 썼다가
금세 지운다.
썼다 지우고 다시 썼다 지우고
지우개 똥만
책상 한켠에 수북이 쌓인다.

말들의 무덤.
부끄러움이 묵은 때처럼 수북하다.

묵은 때를 밀어도 시원해지진 않는 밤.

보라색

혁명적으로
붉어지기에는 조금
다소곳하다

칼같이 그어진 수평선 너머
파도의 푸른 날개로
날아오르기에도 역부족이다

붉은색과
푸른색의
중간 어디쯤

상류계급과
하류계급의
어중간한 중간

보라색은
어느새
사다리 중간에 발을 걸친 채
끝없이

왼쪽으로 고개를 드는
중산층 누군가의
퍼스널 컬러가 된다

화이트칼라

—   아버지는
화이트칼라가 된 남자를
자랑스러워했다

아울렛에서 산 양복을
갑옷처럼 걸치고
페라가모 넥타이는
회사에 대한 충성의 개 목걸이
흰색 와이셔츠는
남자가 속한 계급의 가장 확실한
정체성

하지만 지금은 21세기
더 이상 색깔로 계급을 논하지 않는다
자율복장제로
양복과 넥타이는 장롱 깊숙이 유배된 지 오래

계급이 모호해진
전쟁터에선
—   화이트도 블루도

모두가 총알받이
각자의 Fight Color로
전쟁터에 나선다

여의도

마르크스주의 경제적 결정론은
하부구조인 경제구조가
상부구조인 정치를 결정짓는다고 했던가.
고리타분한 교조주의를
신용카드보다 믿었던 적도 있었다.
동여의도는 증권가
서여의도는 여전히 정치 1번지다.

하부구조인 동여의도가
상부구조인 서여의도를 규정짓는
유물론적인 섬.
하지만,
누구도 소유하기를 꺼려
너나 가지란 뜻으로 불리는
여의도의 정치경제학이다.

여의도 백화점 지하
진주집에서
콩국수를 먹으며 생각한다.
백화점도 아닌 백화점 건물,

콩국수에는 취향껏
설탕도 넣고 소금도 넣는다.
마르크스주의보다 실용적인 콩국수 취향이다.

초동(草洞), 시로 물들다

一   풀잎 하나
        곁을 내어 줄 만큼
        작은 동네

        오래된 냉면집에서
        질긴 면발을 씹다 보니
        시간 가는 줄 몰랐다
        골뱅이 골목에선
        미로처럼 돌돌 말린
        골뱅이 살
        집으로 가는 길이 시큼하게
        꼬여 버렸다

        탁자 위 곽 티슈에서
        티슈를 뽑아 쓰면
        거짓말 같은 복원력으로
        닮은 티슈가 올라왔다
        발목을 서로서로 잡고
        얌전히 포개져 누워 있는
一   싸구려 티슈들

숲과 나무의 기억들

폭설로 갇힌 밤
택시도 끊기고
하늘에선 밤새
시(詩) 같은 눈송이가
펑펑 쏟아져 내렸다
발목까지
하얀 시들이
차오르며 발길을 잡아
날이 새도록 작은 동네에서 벗어나지 못했다

시인의 책상

반지하방
시인의 책상 위로
다람쥐 꼬리만큼 햇살이 비춘다
햇살이 닿지 못하는
방구석에는
우울이 거미줄처럼 걸려 있었다

책상만 한 밭뙈기 하나 없이
평생을 소작으로 늙으신 아버지처럼
시인의 책상 위
풍년의 기억은 없고,

구멍 난 양말을 꿰매듯
검게 입 벌린 생각의 싱크홀을
어설픈 단어로 바느질한다
검은색 양말에 도드라지는
흰색 실

주옥같은 시를 쓰고 싶었으나
지옥 같은 풍경만 펼쳐지는

재능 없는 시인의 책상

어린 왕자

—

그녀의 아이디는
어린 왕자
기분에 따라 어느 날은
보아뱀, 사막여우, 바오밥나무…….
동화 같은 삶을 꿈꾸지만
인생은 독사처럼 잔인하다

신데렐라의 유리 구두를 신어도
불안은
거짓말과 닮아
피노키오 코만큼 자라나고

사막 같은 일상에서
우물을 찾다
결국은,
뱀에 물려 평화를 찾을 수밖에 없는
운명인 셈이다

—

바캉스

매미가 우는 것을 신호로
출발선에서 몸을 풀던 사람들 일제히
바다로 떠난다
성급한 귀뚜라미가 울기 전
바캉스를 다녀와야 한다

더위에 지친 고래 뱃속에선 장미꽃이 피었고
온통 바다가 붉게 타오르리라
장미 가시 돋친 파도는
밤새 집어등 불 밝힌 오징어배 집어삼키고
인적 끊긴 해수욕장 백사장 위로
파라솔 대신 오징어만 즐비하다

늦기 전에
도시로 돌아올 요량이라면
고래가 깊은 바다로 숨어 버리기 전
바캉스를 다녀와야 한다
그래야 가을이 온다

걸어도 걸어도

걸어도 걸어도
트레드밀처럼
언제나 그 자리

자식이 죽어도
부모님의 시간은 흘러간다
사막처럼 마른 가슴 위로
낙타를 끌며 상인들 발걸음도 비단길 위로 걸어가고,

좀 더 멀리 갈 수 있다고
어제도 오늘도
길을 나서 걸어 보지만
길거리 풍경은 쉽게 바뀌지 않는다.

블루라이트 요코하마를 흥얼대는
일본이나
흥남부두를 읊조리는
한국이나
추억만 곱씹는 아버지의 발걸음들이
오늘도 내일도 길 위에 선다.

걷지 않으면
바뀌는 것 또한 없기에
질적 전환의 힘을 믿으며
Still Walking이다.

*고레에다 히로카즈 감독의 2009년 영화 「Still Walking」을 참고함.

정수기 여자

—   따뜻한 국화차 한 잔을 마시고 싶었을 뿐이다

정수기의 온수 버튼을 누르자
그녀의 목소리가 흘러나왔다

"지금 가열 중입니다"
"뜨거우니 조심하세요"
"뜨거우니 조심하세요"
"뜨거우니 조심하세요"

하얀 머그잔으로
안개처럼 김이 피어오르며
뜨거운 물이 천천히 차올랐다
감히
'뜨거우니 조심하라'고
경고하는
그녀의 도발적 목소리
정숙하지 못한 정수기 여자

—   압력밥솥에서는

요란한 기적 소리와 함께
동생뻘 되는 분이
폭발하기 직전의 흥분 상태로
고급 멘트를 날렸다
"맛있는 현미밥이 완성되고 있습니다"
"잘 저어서 드세요"

어느새
찻잔 속에는
노란 국화꽃이 활짝 피어났다

기상 오보 소동

―

큰비가 올 거라는 기상 뉴스에
우산을 챙겨 들고 집을 나섰다

김동완 기상 통보관 자리를
늘씬한 기상캐스터들이 차지하고
우주에서 기상위성이 돌고 있어도
SNS 인플루언서보다 못한
기상 뉴스의 신뢰도
항상 어수선한 뉴스 시간
마지막에 편성된다

큰비 대신 폭염으로
불쾌지수와 코스피지수가 널뛰기하면
식당에는
버려진 우산들이 뒹굴고
지하철 선반에는
아무도 관심 갖지 않는 신문들
성급히 땅속에서 올라온 지렁이들
팔월 햇살에 말라 갔다

―

부지런한 개미들만
열심히 지렁이를 물어 나르는
작은 소동의 풍경

장마

저렇게 많은 비가
하늘에서 쏟아졌을 리는 없으리라

유전에서 기름이 솟구치듯이
도시 어딘가
깊고 어두운 땅이 갈라지며
일상을 집어삼킨 검은 물이 솟구쳤으리라

지렁이들이 토하듯 검은 물을 뱉어 내고
마음처럼 어두운 늪에서는
밤새 두꺼비가 울다 웃고 있었고
사방으로 연결된 도로 가득
빗물이 빨간 신호를 반사하고 있었다

혼자 비 맞는 것이 두려워
연결되고 싶었으나 연결되지 않았다
창밖으로
수신되지 못한 신호들이 쓰레기처럼 떠다니다가
빗물에 씻겨 하수구로 쓸려 갔다
장마가 끝나면 복구될 수 있을까

연결되고 싶었으나 연결되지 못한 나와 너의 신호들

텅 빈 거리에 창살 같은 빗줄기만 가득해
갇혀 버렸다

새벽 세 시

창문 너머 슬며시 들어온 달빛
천장 위로 베란다 풍경
흑백의 정물화로 슬쩍 떨궈 놓았다.
불면의 밤 위로
무게감 없는 흰 눈만 쌓여 가고
아침 일찍 길을 나서야 하는
사내의 조급증이
초침처럼 발 빠르게 시침을 따라잡는다.

긴긴 겨울밤 새벽 세 시
선득한 맨발로 베란다에 나서 보면
외롭게 불 밝힌 집들
살아갈 시간에 대한 초조함으로
오늘도 잠 못 이루는 중년의 사내들
수면의 질과 생활의 질을 가늠질해 보며
벌써부터 엉덩이가 들썩거린다.

술꾼들 늦은 귀가로
하루를 마무리하는 새벽 세 시
아무도 걷지 않은 눈길 위

집으로 향하는 선명한 발자국 위로
방향만 거꾸로 돌려 길을 나선다.
집으로 돌아오는 발자국과
집에서 멀어지는 발자국이
엉켜
하얀 눈길 위 방향을 잃고
기어이 조난당해 버리는 시간
새벽 세 시.

된장찌개

—

　우리의 사랑은 뚝배기에 끓고 있는 된장찌개와 닮았네
나는 감자를 좋아했지만 여자는 호박을 좋아했네 두부는
딱 반 모면 충분했네 임계점을 넘은 뚝배기는 금세 깨질
것처럼 달아올랐네

　멸치 육수에 된장을 풀고 감자와 호박, 갖은 야채를 넣
으면 한 끼 식사로 충분한 된장찌개가 완성되네 차고 넘치
는 요리 레시피처럼 사랑의 기술들도 관심 한 스푼 경제력
세 스푼 정형화된 계량컵처럼 일목요연해졌네

　빠르고 소박한 저녁 식사가 끝나고

　식어 버린 된장찌개를 냉장고에 넣지 못했네 차가워진
사랑에 숟가락을 담글 수가 없어 어쩔 수가 없었네 상할
걸 뻔히 알면서도

　차마 냉장고에 넣지 못했네

—

구두와 독방

구두만 남겨진 풍경은
어둡고 기괴하다
발목과 종아리가 없어
N극과 S극을 찾지 못하는
고장 난 나침반 같은

추석이 다가올수록
달은 차오르는데
상처에 새살은
더디게 차올라
흉터 자국만 선명해졌다

솜씨 좋은 구두닦이가
물광 불광 내어 준 구두도
벗지 말아야 할 곳에 버려지면
한낱 반짝이는 사연일 뿐이다

스스로 가둔 징벌방엔
햇살보다 달빛이 장기 체류 중
숨을 쉬는 동안

들숨과 날숨에
별들이 규칙적으로 켜지고 꺼지곤 했다

모두가 떠난 장례식장
주인 없는 구두 한 짝이
불 밝힌 영정 사진 앞에
저 홀로 조문 중이다
향냄새 그윽하다

세상 모든 교도소의
독방들이
마음속에 들어와 앉았다
부처보다 견고한
사각형의 콘크리트 사원

지독한 외로움은
미처 가을을 넘기지 못했다
첫눈이 오기 전
독방에 나를 가둔다
구두약 냄새 켜켜이 쌓인

구두 한 짝만 동행이다

—

거미, 집

평생을 바쳐 지은 집을 두고
어디로 사라졌을까
무당거미
굿판을 따라 떠나
작두 타다 베인 발로는
영원히 못 돌아온다

부실 공사로 지은 거미집들
올 나간 망사 스타킹처럼
골목길 곳곳에서 문란하게
흔들린다
재개발 구역처럼
빈집들 어수선하다

평생
집 한 채 가져 보지 못한
무주택자의 설움도
텅 빈 거미집을 닮아
노을 지는 방향으로 붉게
타오르고 있었다

84

노을 속에서 세상의 모든 집들이
활활 타오르고 있었다

고래의 집

—

궤도를 벗어난 우주선처럼
쓸쓸했다
어두운 우주에서
무한히 표류 중

바닷속에선
고래가
집으로 가는 길을 잃어버렸다
깊고 어두운 심연
방향을 잃고
파도의 흐름만 따라갔다

물 색깔이
살던 곳과 달라져
길을 잃었다
백 년 동안 잠수 중
고독이 가득 차면
부력이 생겨
물 위로 떠오르곤 했다

—

두타산

머리를 목탁처럼 두드렸다

번뇌와
의식주에 대한 탐욕을
버려야 두타(頭陀)이거늘
두타몰(Mall)에 가 보니 옷가지가 너무 많아
머리를 목탁처럼 두드려야 했다

삼화사(寺)
석가여래좌상의 눈썹 사이로
근심만 짙어 가는데
골짜기마다 식칼 같은 폭포수가
내리꽂히며
속세의 인연을 결연히 끊어 버리고 마는
골때리는 두타산이다

월정사(月井寺)에서 우물 찾기

우물을 찾으려다
만물의 근원인 배꼽만 찾았다
여러 생명이 포도송이처럼
주렁주렁 매달려 있었다

사람들은 저마다
깊이가 다른 우물과 우울을 가지고 산다
우물의 깊이와
하늘의 높이를
가늠해 봤다

폐허로 변한 월정사(月精寺) 터엔
팔각구층석탑만
홀연히 남아
절터를 지켰다는데
외로운 석탑 앞에
석조보살좌상만
곁을 지켰다는데

스님의 깊은 우물에는

언제부턴가 달이 들어와
그림자처럼 곁을 지켰다

월정사 전나무 길
맨발로 걷는 중
등 뒤로 달이 밝아
그림자가 늘 내 앞으로 걸어갔다

낮잠

—

길게 자면 안 될 것을
너무 깊게 허락했다
눈치 없는 낮달을 따라 길어진 불면의 밤
관계의 무게처럼 가벼워진 눈꺼풀만
의무감으로 깜빡인다

—

제3부

가족

어머니는항상짐을머리에이고계셨습니다
왼손으로는 짐을 붙잡고
오른손으로는 막내의 손을 잡습니다
둘째는 어머니의 치맛자락을
암팡지게 부여잡습니다
첫째는 두어 발짝 뒤에서
땅바닥만 쳐다보며 따라갑니다

아버지는앞에서태평하게뒷짐지고걸어가십니다
아버지의 그림자 끝을
한 가족이
악착같이 따라갑니다

강촌역

물안개 피어오르는 새벽이면
강촌역으로 간다

사연 많은 물안개들은
불 꺼진 역사를 넘어
엠티촌 학생들의 어지러운 신발과
먹다 남긴 소주잔, 빈 참치캔을 채우고
반쯤 불어 터진 컵라면과
놀이공원 디스코팡팡을 건너
산으로 오른다

물안개를 피해
산 중턱으로 올라간
강촌역에는
무궁화호, 통일호 대신
ITX 고속전철이 지나가고

그 끝에
호수 품은 도시는
안개도 많고

이별도 많다

―

조지 윈스턴이 죽던 날

2023년 6월 7일
자연주의 피아니스트
조지 윈스턴이 죽었다.

1987년 겨울,
중앙동 뒷골목
까페 PHOTOPIA엔
도시를 닮은 안개처럼
최루탄이 휩쓸고 간 거리
담배 연기만 무럭무럭 피어나고
'Thanksgiving'을 듣던
고3은
흰색, 아니면 검은색
피아노 건반처럼 극단적이다.
'십이월'은
마른 나뭇가지 사이로
무겁게 쌓인 눈을 성급히 내려놓고,

해가 바뀌어도
성년이 되지 못한 우리의 십 대는

경춘선 기찻길
검은 침목 사이 자갈처럼
모난 어깨 부딪히며
끝없이 이어진다.

1987년을 넘어
2023년. 우연히
뉴스에서 흘러나온
피아니스트의 부고에 그제서야
우리의 철없던 십 대가 끝났다.

*Thanksgiving: George Winston의 1982년 앨범 『December』의 타이틀곡.

오래된 장례식

　一
　　할아버지를 차가운 땅에 묻고 돌아왔다
　　하루 종일 얼었던 몸을
　　따뜻한 목욕물로 데우며
　　문득
　　죄를 짓는 것 같았다

　　화장을 하면 두 번 죽는 것 같다고
　　매장을 원하셨다
　　젖은 흙이 싫어 일부러 마른 흙을 모아 봉분을 만들었다
　　회다지에 진심이었던 할아버지
　　봄이 오면 말랑말랑한
　　생흙이었을 텐데
　　겨울이라 돌덩이처럼 딱딱하고 차가운 흙을 덮으셨다
　　이불로 치면 풀을 잔뜩 먹인

　　수의는 안동포 삼베
　　오동나무 관 위로는
　　금강경을 필사해 덮었다
　　아버지는 내가 쓴 손편지를 금강경과 함께
　一　매장했다

내가 쓴 손편지 위로
차가운 흙들이 쌓이고
달굿대를 잡은 회다지꾼들이
봉분을 단단히 밟아 댔다
흙을 덮고 선소리꾼에 맞춰 봉분을 밟고,
다시 흙을 덮고 봉분을 밟고
시신은 영원히 세상과 격리되어 갔다
회다지꾼들의 발끝
콘크리트처럼 단단하게 다져진 무덤 속에서
할아버지는 온전히 혼자가 되셨다

가끔씩
꿈속에서는
무덤 속의 할아버지가
내가 쓴 손편지를 읽고 계셨다

달항아리

사발에 가득한 슬픔은
찰랑찰랑거려
조금만 어긋난 균형에도
쉽게 흘러내릴 듯
불안했다

두 개의 사발을
맞대어 빚은 달항아리
두 배의 슬픔이 찰랑거려
둥근 곡선을 유지하기가
영
어려웠다

달항아리가 깨진 하늘은
온통 사금파리 같은 별들만 가득하고
작은 유리 조각들에 베어져
상처만 잔뜩 생기고 말았다

해가
질 때마다

노을과 함께
상처 위로 배어 나오는
붉은 선혈
서쪽 하늘에 난 상처는
평생 아물 줄 몰랐고

서쪽 방향으로
서 있던
사람들의 얼굴도
해가 지는 소리에 맞춰
붉은색으로 슬퍼졌다

다시
찰랑거리며
사발 가득 차오르는
붉은색 슬픔

옥천동(玉川洞)

一   구슬같이 맑은 물이 흐르는
동네

개량 한옥집 여러 채
가지런한 이빨처럼 봉의산 밑에
옹기종기 박혀 있었다

녹색 철대문
붉은 기와지붕
엔티크한 목조 창틀에
겨울이면 자리끼가 얼어붙어
창문에는 커튼 대신 담요를 걸었다

반상회 날이면
조생귤에 야쿠르트 한 병씩 나눠 마시고
한가한 날이면 아줌니들
마루에 모여 인형 눈 박는 소일거리도 하며
구슬같이 맑은 물
지하로 흐르듯
一   이웃 간 정도 소리 없이 흐르던 동네

사실은,
공동묘지 자리라
머리 풀어헤친 귀신이 밤새 곡소리 내고
말 달리는 소리 방바닥을 두들기던

순천인지 춘천인지 강릉인지 서대문인지
어느 동네에나 있었을 법한
옥천동

삶은 달걀

단 하나의 우주를
까먹으며 생각한다
식용유 두른 팬에서
노릇한 써니 사이드 업
계란프라이로 할걸

퍽퍽한 목 넘김에
가슴이 미어진다

완전한 우주를 삼키는 건
그만큼 만만치 않은 일이었다

집의 냄새

눈에 보이는 것보다
코로 맡는 냄새가 더
믿을 만하다
현관에 들어서면
정물화처럼 그려지는 집의 분위기
기린의 목처럼 불안한데

왼손잡이는 믿음이 안 간다
낙석 주의 표지판의 거북바위도
아귀가 맞지 않아 우풍이 심한 창틀도
여섯 시면 애국가에 맞춰 강요되던 국기에 대한 경례도
모두 믿음이 부족했다

눈보다 빠른 손을 가진
도박꾼이나
허리춤에 잠깐 손을 댔을 뿐인데
픽픽 사람들을 쓰러뜨리는
서부의 총잡이보다
코가 더 빠른 법

달의 뒷면처럼
눈알 뒤쪽에
냄새라는 제3의 눈동자가
귀신만 볼 수 있는 세상을
관찰하고 있었다

집주인만 모르는 냄새는
혈액형만큼 선명하게 유전되고
이름을 남기고 싶었던 가족은
본의 아니게
냄새로 하나의 세상을 빚었다
삶의 고랑마다 그득한
지문처럼 유력한 가족의 단서

벽지 속에 숨은
곰팡이의 기억은
포장이사 박스에 담겨
어느 도시든 실려 가리라
낯선 새집에서
낯익은 냄새로 또

하나의 세상을 빚으면 그만이다

창밖의 눈

팔레스타인의
가자 지구나
우크라이나의
바흐무트 전선에
포탄이 쏟아지듯,
지금 창밖에선
흰 눈이 쏟아지고 있다.

커피머신에선
향기로운 스페셜티 커피가
커피 잔 가득 채워지고
게으른 고양이는
난로 곁에서
기지개를 켠다
평화로운 클래식이
높은 밀도로
공간을 채우고,

창밖으로는
동쪽에서 서쪽으로

세찬 바람이 불어
눈송이들이 일제히
옆으로 날리기 시작했다
수직적 관계에서
수평적 관계로
서쪽에서 동쪽으로
바람을 가른다.

소설가의 노트북은
까맣게 식은 커피처럼
어둠 속에서
커서만
등대처럼 깜빡이고
모든 이야기들은
조난 중,

창밖으로는
고래 같은 구름이
낮게 깔리며
정어리 떼 같은

비린
눈발이
여러 방향으로
몰려다녔다.

우산도 없이
눈보라를 헤치고
문안으로 들어온
연인은
나쁜 기억을 털어 내듯
팡— 팡—
온몸을 털어 냈고,

창밖으로
쌓이기 시작한 눈은
낮은 집들과
키 작은 나무
혀 짧은 변명과
몸속의 아픈 기억
옛사랑과

서툰 입맞춤과
오래된 홍콩 영화와
지저분한 소주잔
분홍색 십자가 따위를
집어삼켰다.

창밖은 점점
창백하게 위험해졌다.
새색시가
버선코만 내려다보며
사뿐
맞절을 하듯
밤새
나풀거리며 눈이 내렸다.

양봉꾼

一 해마다
아카시아 꽃이 피어날 즈음
벌통을 싣고
남쪽에서부터 북상한다

Bee Broker
유목민과 닮아
밀원을 찾아
꽃이 피는 속도로 북상 중이다
오월이면
아카시아 꽃과 꿀벌들을 중신 서고
초여름이면
정액 냄새 풍기는
밤꽃을 따라 이동한다

자본을 채집하는
사람들과 달라
생명을 채집하며
꽃과 별을 따라 이동하는
一 브로커는 문득,

본인의 직업이 낭만적이라 느낀다

채집의 노동은
마알간 한 통의 아카시아꿀로 돌아오고
달콤한 인생은
기후 위기와 상관없이
당분간 계속되리라

육림공원 since 1975

―

어느 도시에나 있는 동물원이
도시에도 있었다

어느 동물원에나 있는 동물들이
호랑이와 반달곰
대머리독수리와 원숭이가
우리에 갇혀 있었다

기린이나 코끼리가 보고 싶었지만
큰 우리가 없어
기린과 코끼리는 도시에 없었다

밤이면
우리가 열리고
동물들 회전목마 같은 놀이기구도 타고
별을 보며 수영장에서
수영도 한다
우리가 열리니 가능한 일이다

―

놀이공원에서의 추억으로

객지에서의 시간들을 견디며,
주행 차선으로 정속 주행하기보다는
늘상 추월 차선만 타고 달려왔다
도시를 떠난 지 오래되어
육림공원의 상호도
어느 날
육림랜드로 바뀐 것을 미처 몰랐다

2호선은 순환선

며칠을 기다리던
소식 대신
눈이 왔다

며칠을 기다리던
소식 대신
벚꽃이 먼저 왔다

다리 위에서
백화점에서
바다에서 돌아오지 못한 아이들은
이태원 거리에서도 실종 중
아직도 소식은 없다

주말마다
고해성사를 해도
쌍둥이 같은
실수는
확대재생산 중
나이를 먹는 만큼

충치처럼 늘어나기만 했다

지하로 다닐 때면 숨어 있던 십자가들이
지상으로 올라올 때면
일제히
창밖을 붉게 밝히고

참치 통조림에
누운 참치처럼
오늘도 사람들은
2호선 객차 속에
차곡차곡 저장되어
유통기한에 따라 51개의 역으로 배달된다

영원히
종착역에 닿지 못하고
한 시간 반마다
반복해서 제자리로 돌아오는
지하철 2호선은
녹색의 순환선이다

소양호

호수 위로
소나기 내려
한동안 주변이 소란스럽네

소양댐은 오십 평생
스무 번 수문을 열었다는데
대갓집 규수의 옷고름처럼
좀처럼 곁을 내어 주지 않았다는데

소양댐 아래 콧구멍다리
물길을 끊고
댐이 들어서
여러 마을들 잠기는 걸 똑똑히 목격했다는데

청평사 들어가는 뱃길에
미로 같은 물길이 열리고
호수 속
수몰된 마을에선
숨바꼭질이 한참이네

부어라 마셔라 소셜 클럽

붓고 마시는 행위

도시의 유흥가 한 귀퉁이에
'부어라 마셔라 소셜 클럽'이라는 소주방이 들어섰다
럼주와 모히또 대신
소주와 막걸리, 파전을 파는
스피커에선 끊임없이
Chan Chan이나 Dos Gardenias가 흘러나오고
쿠바산 시가 연기가 가득 찬

사장은 남미에서 원양어선을 타고 오징어를 잡았다고 한다
가장 먼 나라로 가고 싶었고
대왕오징어와 메로를 건져 올리며
일 년 내 대서양과 태평양에서
정반대의 계절과 집채 같은 파도를 견뎠다고 한다

여름이 오면
뱃사람 친구들
남반구의 겨울을 피해 뭍으로 올라왔다
일 년 동안 파도에 익숙해져

한동안 멀미하듯 비틀거리는 걸음으로 맨땅을 밟고
두루마리 휴지를 사 들고
'부어라 마셔라 소셜 클럽'으로 사장을 찾아왔다

육지에서의 술자리에 익숙해질 즈음
계절도 한두 번 바뀌고
북반구의 겨울이면
뱃사람들은 배를 타러 떠난다
유빙이 떠다니는
우루과이 연안에서
해안선이 길쭉한
칠레와 페루까지
오징어를 쫓아 파도를 탔다

사장은 더 이상 배를 타지 않는데도
늘 멀미를 했다

아메리카 대륙의 유일한 공산주의 국가
클럽의 모든 안주와 술들은
철저한 검열을 거쳐 테이블에 나왔고

오늘도 음악만 쿠바식 소주방에선

바다가 멀리 있어도

짠 내가 풀풀 풍겼다

*Chan Chan, Dos Gardenias: 부에나 비스타 소셜 클럽이라는 쿠바
아바나의 음악 그룹 앨범에 수록된 노래.

손바닥으로 하늘을 가릴 수 없다면

손바닥 한가운데 나무가 자라기 시작했습니다.

하얗게 끓어오르는 바다에서는
돌고래들이 배를 드러낸 채 떠올랐고
늙은 나무 뿌리 아래 울음을 몽땅 토해 내 말라붙은 매미들만 쌓여 갑니다.
굵은 손금 사이 뿌리내린 나무들 어느새 숲이 됩니다.

푸르른 숲 위로 산비둘기 집을 짓고
겨울을 버틴 매미들도 허물을 벗고
손바닥 위 근육처럼 울퉁불퉁한 뿌리 아래 지렁이들도 꿈틀댑니다.
어두운 나무 그늘 아래 지문처럼 이끼가 번식합니다.

손바닥으로 하늘을 가릴 수 없다면
그 위에 나무도 심고 숲도 가꿉니다.
진실은 숲 가운데 메아리로 남아 있기에,
지렁이들 온통 꿈틀대는 통에
손금 사이
낮은 진도로

122

지진도 잠깐 왔다 갑니다.

안개꽃

호수가 많아
안개도 심한 도시에는
슬픔과 거짓말도 안개처럼 많다
아침마다 신문이나 우유가 배달되듯
안개꽃이 배달되기 때문
슬픔과 거짓말 따위는 별책 부록 혹은 광고 전단지 같은 것

백지장도 맞들면 가벼워진다는데
안개 속으로 숨은 지난밤의 비밀들은 신기하게 무겁다
여학생들은 자전거를 타고 안갯속을 달려 등교했다
나이 든 여자들은 안개가 걷힐 때까지 길을 나서지 못할 것

꽃 한 송이의 의미보다는 꽃다발의 위력을 아는,
기꺼이 화려한 꽃들의 배경이 되어 더 아름다운 꽃
코스모스 같은 여린 줄기 위로
스크럼을 짠 꽃송이들이 들고 일어났다
가시거리 짧은 고밀도의 안개처럼

오늘도
고백에 납치당한 안개꽃 다발

124

어느 집 벽에 걸려
십자가에 못 박힌 예수님과 함께
세속의 빛과 사랑에 바래며
천천히 말라 가는데
순교의 징표 따위
인스턴트커피 냄새에 묻히고
소녀의 가녀린 허리 위로
흰색 가발이 바람에 날린다

솔 담배

영월에 있다고 한다 단종된 군 보급품 솔 담배의 모델
수령 오백 년의 솔고개 소나무

왜 다방 레지들은 오봉과 보온병을 보자기로 싸고 다녔
을까?

유배된 어린 왕자의 슬픔이 솔고개 위 물안개로 한숨처
럼 피어오른다

솔 담배 연기 속에 군 시절 시계도 돌아갔고 벙커에서 폐
결핵 걸린 말년 병장은 춘천과 가평병원을 거쳐 폐병 환자
들만 모아 놓는 국군창원병원까지 진격했다

1급 발암물질 담배에 십장생 중 하나인 소나무 파격적인
모델 채용 아닌가?

등을 보인다는 것은 모든 것을 내어 준다는 뜻 88에 등
을 보이고 역사 속으로 사라진 솔 담배 카우보이의 담배
말보로는 결코 등을 내어 주지 않았다 필터를 질끈 씹고
터보 라이터를 딸깍

순간 찰나처럼 주위가 밝아진다

가을 사랑

단풍을 닮아 부끄러움에 붉게 물드는 사랑

다정도 병인 양하여 기나긴 밤 보름달에 비춰 잠 못 들다
겨울이 오면 흰 눈에 묻혀 잊혀져 버릴

그러나, 봄이 오면 시퍼렇게 되살아나기 위해 발아래 씨
앗을 내려놓을 줄도 아는

가을 사랑

빈방

바다가 내려다보이는
호텔
유일하게 열린 창문을 통해
바닷가의 모든 바람이 한꺼번에 몰려들었다

빈방에
해변의 모든 바람이 가득 차
내 몸은
애드벌룬처럼
둥실 떠올랐다

작은
바늘구멍만으로도
금세
바람이 빠져 버려
한참 동안
빈방을 날아다니다
마침내
가쁜 호흡과 함께
먼지 가득한 침대 아래

숨어 버렸다

수사슴은
뿔의 무게를 못 이기고
방 한가운데
가만히
뿔을 내려놓은 채
조용히
나와 함께
잠이 들었다.

춘천 가는 길

춘천으로 가는 길
유난히 많은 터널을 지난다
맘속에 구멍 뚫린 사람들
터널 터덜
힘들게 찾아가는 도시
추억은 마음이 급해
46번 국도를 따라
사람들보다 먼저 도시에 도착했다

그곳으로 찾아가는 길
왼쪽 혹은 오른쪽 옆구리에
끊임없이 늑막염처럼 호수를 끼고 거슬러 오르는
연어의 회귀본능을 닮은 길

젊은 시절
춘천에서의 기억으로
살아가는 사람들 많다

46번 국도
붉은 해 같은 신호등에 묶여 버린

차창 옆으로
사이클 동호회 사람들이
끊임없이 춘천 쪽으로
페달을 밟고 있었고
땀에 젖은 등판 위에
하얗게 피어난
소금꽃이
춘천의 안개꽃과 유독 닮았다

병과 마주하며 비로소 보인 것들에 대한 기록

김양선(문학평론가, 한림대 교수)

시인은 대학을 졸업한 후 28년여의 기간을 보험회사 기업영업부에서 근무하면서 임원(상무)으로 승진까지 할 정도로 회사-인간으로 긴 세월을 살아왔다. 하지만 같은 해 말 식도암 진단을 받고, 수술까지 하고 회복 후 복직했지만 몇 달 뒤 폐 전이로 회사를 나왔다. 사회적 삶의 절정기에서 환자의 삶으로, 롤러코스터를 타고 미끄러져 내려오는 데 걸린 시간은 채 6개월이 되지 않았다. 시인이나 가족들이 얼마나 황망했을지…… 감히 추측하기 어렵다. 업무의 성격상 시인은 접대성 술자리가 많았다고 한다. 그 와중에도 시인은 매일 새벽 6시에 일어나 7시쯤 지하철을 타고 강서구에서 여의도나 강남까지 출근하는 생활을 계속했다고 한다. 대학에서 영문학을 전공하고, 작가를 꿈꾸며 문학 동아리에서 글을 쓰며 방황하던 젊은 시절을 생각하면 정말 놀라운 루틴이다. 시인을 잘 알고 있다고 생각했던 필자는 그가 그토록 성실하게 밥벌이를 해 왔다는 사실에 놀랐다. 어른이 되고, 아내와 아이들을 거느린 가장이 그의 성실한 밥벌이를 가능케 했을 것이다. 시인이 갓 직장인이 되었을 때 필자는 가끔 영업맨이라는 사회적 옷을 걸친 그가 직장이라는 전장에서 잘 버틸 수 있을까 싶어서 전공을 살려 출판 일을 해 보면 어떻겠냐고 권한 적도 있다. 하지만 그건 필자의 좁은 소견이었다. 시인은 묵묵히, 찬찬히, 공황장애가 올 만큼 실적 압박에 시달리면서도 이 일을 즐기며 해 왔다.

퇴직 후 시인은 또 다른 루틴을 만들고 있다. 매일 걷기운동을 하고, 동네 도서관에 가서 책을 읽고, 시를 쓰고 있다고 한다. 지금까지 가족들과 긴 휴가도 제대로 못 갈 정도로 숨 가쁘게 살아왔던 시인은 갑작스레 다가온 '행복을 잡아먹은 불행'에 대해 곱씹으면서, 자신의 몸 안에 복병처럼 숨어 있다가 튀어나온 이 암이라는 녀석을 들여다본다. 때로 시인의 시선은 자신이 사회-인간으로 지냈던 공간으로 향하고, 또 때로는 학창 시절을 보냈던 과거의 시간으로 향한다. 이 시집은 1부는 암에 걸리고 나서의 소회, 2부는 직장 생활과 가족에 대한 단상, 3부는 청소년기를 보냈던 춘천에 대한 기억으로 구성되어 있다.

1부에서 시집의 표제작이기도 한 「손금을 본다」와 「손금을 본다―다른 Ver.」은 "지능선과 감정선, 운명선을 넘어", 가장 소중한 "생명선 끝을/꾸욱 꾹 누른다"는 간절함으로 시작한다. 지금은 "모든 운명이 철모를 쓰고/생명선 참호를 따라 진격하는 나날". 「명주실 타래」에서도 언급했

듯이 "길게 길게 살아져야" 함이 무엇보다 중요하다. 시인은 몸이 아프고 나서야 몸의 중요성에 대해 알게 되고, "찰나적이고/창조적으로/남의 집에 들어와/집을 무너"뜨리는 병에 자신이 무방비 상태였음을 깨닫게 된 듯하다(「남의 집」). 아니, 그 감정은 깨달음보다는 황망함이나 두려움에 가까울 것이다. 「식도를 잃다」에서는 "식도를 잃은 만큼/몸무게가 가벼워진 대신/마음은 천근만근/무거워져 갔다"고 탄식한다. 「끝」에서는 "갚아도 갚아도/줄어들지 않는 아파트 할부금"과 "아무리 독한 약을 쏟아부어도/좀처럼 줄어들지 않는 종양의 크기"를 등치시키며 "보이지 않는 적들과의 싸움"에 막막함을 표출하기도 한다. 출입국 도장이 하나도 찍히지 않은 전자여권을 들여다보며 "어디로 가야 하나?" 되뇌는 시인의 탄식에서 기약 없는 항암 치료를 하고 있는 시인의 처지가 느껴진다(「전자여권」). 한편 시인은 병을 앓고 나서 "신비롭다기보다는 난해한 균형을 유지하는 몸/난해하다기보다는 불안정한 관계를 유지하는 몸"에 대한 사유 끝에 "Simple is the Best!", "심플한 몸뚱아리 그 자체"의 소중함을 알게 된다(「심플 이즈 더 베스트」). 닭띠인 시인이 "날개는 있지만 날지 못하는 기묘한 평행이론" 같은 상황에서 벗어나 자신의 몸을 돌보며(「닭」) "니케의 날개"를 달고 날아오르기를 기대해 본다(「나이키」).

2부에는 잡초, 들꽃, 장미와 같은 자연의 풍파를 버티며 이겨 내는 식물들에 대한 상상이 전반부에 배치되고, 아마도 투병 기간 동안 걷기 운동을 하며 보았을 풍경들, 그리고 거기서 뻗어 나온 생각들이 후반부에 배치되어 있다. 그렇지만 2부에서 필자의 눈에 들어온 시는 「화이트칼라」와 「여의도」였다. 시인의 이전 밥벌이 현장과 관련된 재치 있고 날카로운 시각이 엿보이기 때문이다.

「화이트칼라」에서 시인은 양복과 명품 넥타이, 흰색 와이셔츠로 대변되는 화이트칼라로서의 계급적 정체성이 이미 무의미해진 시대, 화이트칼라든 블루칼라든 어차피 회사의 충견에 불과하다는 인식을 "계급이 모호해진/전쟁터에선/화이트도 블루도/모두가 총알받이/각자의 Fight Color로/전쟁터에 나선다"는 말로 표현한다. "화이트칼라"가 비슷한 발음의 "Fight Color"로 전이되는 언어유희를 통해 전쟁터 같은 밥벌이의 치열함을 경쾌하게 넘어서고자 하는 것이다. 「여의도」에서는 마르크스의 경제결정론의 아이디어를 가져와서 여의도를 하부구조인 동여의도(증권가)가 상부구조인 서여의도(정치)를 규정하는 "유물론적인 섬"이라고 지칭한다. 이어지는 시 「초동(草洞), 시로 물들다」에 등장하는 초동 역시 직장인들이 많이 오가는 장소이다. 시인은 이 장소들을 오가며 콩국수를 먹고, 질긴 면발의 냉면을 먹으면서, 생명줄을 쥐고 있는 밥벌이의 고단함을 이야기한다. 직장인이기에 가능한 사유가 아닌가 싶다.

이제 시인의 시간은 과거로 간다. 그 과거의 시간이 펼쳐지는 곳은 시인의 고향인 춘천이다. 「춘천 가는 길」에서 시인이 고백하듯이 춘천-고향으로 가는 길은 "연어의 회귀본능"을 닮은 길이다. 3부에서 시인의 눈은 청소년기를 나

135

름 '찬란하게' '방황하며' 보냈던 춘천의 이곳저곳을 들여
다본다. 중앙동, 어느 동네에나 있을 법한 지명인 옥천동,
1975년부터 있었다는 육림공원, 소양댐은 기억이 시적 자
원이 될 수 있다는 것을 충실하게 보여 준다. 어떤 곳은 사
춘기 때 방황하며 거닐던 장소이고, 어떤 곳은 가족들과
함께 살던 곳이다. 시인은 안개의 도시 춘천에서 자연스럽
게 '안개꽃'을 떠올린다. "가시거리 짧은 고밀도의 안개처
럼" "꽃 한 송이의 의미보다는 꽃다발의 위력을 아는,/기
꺼이 화려한 꽃들의 배경이 되어 더 아름다운 꽃" 안개꽃
은 얌전한 소도시 춘천의 모습이나 정서와 닮아 있다(「안개
꽃」). 이 소도시에 사는 소시민의 정다운 마음을 읽을 수 있
는 시가 「옥천동」이다. "개량 한옥집 여러 채/가지런한 이
빨처럼 봉의산 밑에/옹기종기 박혀 있었다"는 구절을 읽으
면 수채 풍경화 같은 그림 한 점이 눈앞에 그려지는 것 같
다. 시인은 "반상회 날이면/조생귤에 야쿠르트 한 병씩 나
눠 마시고", 여인들이 모여 인형 눈 박는 일거리를 하며 수
다를 떨던 그곳을 "구슬같이 맑은 물/지하로 흐르듯/이웃
간 정도 소리 없이 흐르던 동네"라고 추억한다.

옥천동 11-55번지. 녹색 철대문의 개량식 한옥집의 추
억을 시인과 필자는 공유하고 있다. 춘천에서 성장기를 보
내고, 서울로 올라와 대학 졸업 후 직장을 다니고, 결혼을
해서 사랑하는 가족을 이룬 평범한 가장. 중년을 맞이한
어느 날 느닷없이 찾아온 암과 마주한 사람. 그는 투병을
하며, 자신의 의지나 바람과는 상관없이 몸에 침입한 병에

대해 곱씹고 곱씹는다. 그러면서도 절망과 불행에 지금의 삶을 저당 잡히지 않으려 애쓰고 있다. 지금까지 자본주의 최전선에서 월급쟁이로 가속의 페달을 밟으며 살아왔던 생활에서 모처럼 멈춤의 시간을 가지게 되면서 가족을, 공간을, 과거의 시간을 문서화하는 작업을 하고 있다. 그는 사랑하는 나의 동생이다.